Scenario : Grégory Makles

Dessin Kalahane : Vincent Makles

Dessin Daenerys : Grégory Makles

ATTATION

Les noms des personnages de ce livre sont, pour une large part, les patronymes authentiquement choisis par des humains de notre connaissance pour leurs avatars en ligne que nous caricaturons ici effrontément. En conséquence, ces noms ressemblent souvent, voire sont identiques, à ceux d'autres œuvres de fictions. Celles-ci ne sont donc pas ici victime de contrefaçon mais simplement de leur succès...

Et sinon, oui, c'est sympa Le Trône De Fer ☺

MERCI DE VOTRE ATTATION

La suite des aventures de ~~Stevostin~~ KALAHANE & autres merveilles sur

www.worldofmakles.com

Du même auteur :

Stevostin , La porte sombre, Carabas,
Stevostin , Quêter plus pour leveler plus, Carabas,
Ruppert, Carabas,
L'Encyclopédie du Mal (1 tome), avec Joseph Lacroix, Soleil,
Le Dernier rituel (1 tome), avec Robin Recht, Soleil.

1ère édition : mars 2010
Dépôt légal : mars 2010
Isbn : 978-2-35100-598-9

Achevé d'imprimer en février 2010 sur les presses
de l'imprimerie L.e.g.o. en Italie.

www.editions-carabas.com

LA SAISON DE LA CHASSE BATTAIT SON PLEIN. HUMANT AVEC UNE JOIE SIMPLE LA SAINE ODEUR D'HUMUS ET DE SANG FRAIS TANDIS QUE L'ASTRE SOLAIRE PERÇAIT DE SES RAYONS CLAIRS LES FEUILLAGES LANGUIDES DE LA TORPEUR DE CE MATIN D'AUTOMNE, LE TROLL KALAHANE ET SON FIDÈLE GRINGUEUR (UN POINTER IRLANDAIS MÂTINÉ TIGRE DU BENGALE) S'ADONNAIENT À LEUR AMOUR DE LA NATURE ET DE LA FEUILLE DE SCORE.
CAR N'OUBLIONS PAS QUE LA CHASSE RESTE UN SPORT.
á la une...
á la deux...
á la trois...
BLAMM
COIN !?
Va chercher Gringueur !
et arrête de dandiner du popotin comme ça tu vois bien qu'on nous regarde.
Ola Kalahane amigo!!!
qu'est-ce que c'est que cette vieille pétoire que tu te traînes?

Tiens tiens Mulder que vla. aussi connu comme M-Lapute
et il est Très bien mon gun. c'est le dernier cri.
c'était, pauvre hippy maintenant il est aussi inutile que la convention de Genève.
Tiens, regarde ...
ça gringo
ça, c'est l'avenir
39 millimètres! 3,70 secondes de recharge! Utilisable au corps à corps!
BAMM BLAM BAM
avec ça tu fais des trous comme des anus de brésiliennes!
COIN
COIIIN
COIIIN!!
hmm.
y'a même une fonction méchoui à ce que je vois.
ah oui ça c'est pour Judas il préfère quand c'est halal.
JUDAS

Ok Mulder, tu m'as convaincu! Et comment qu'on fait pour récupérer la petite merveille?
ah bé ça faut coucher.
Ok. On se met où?
Je plaisantais
Non, en fait faut aller voir le boss des chasseurs...
...Ooh ça bouge par là
Tssss - Tssss,
à Gragrammar?
Oui
Hé ben où il court comme ça lui?
Bon ben un dernier pour la route et go.
Ok. Hé, tu sais ce qui me fait rigoler?
Les nains
COIIIN

1: Dieu nain du silence et de la sagesse
2: Expression naine incitant à donner le meilleur de soi-même.

GRAGRAMMAR : LES VESTIAIRES
Dis donc il devient quoi au fait notre maître de classe
haha! je parie que tu vas plus le voir depuis que t'es level 60!
Oh merde eh. je crois que je me rappelle même plus où il crèche!
Bah tu demanderas ta route à un agent.
mais bon, si tu t'es plus pointé là-bas depuis des années il voudra p't'êt même pas te parler..
...et alors pour t'aider à chopper le fusil je crois bien que tu peux te beurrer la boîte à bonheur avec du Nutella... ...et t'asseoir dessus!
Eh mais attends tu veux pas m'accompagner? Me recommander?
et puis d'ailleurs comment ça se fait que t'es retourné le voir toi? Me dis pas que c'était par amour pour lui?
haha "par amour"!
Je suis un professionnel du jeu moi monsieur.
L'amour c'est bon pour les catholiques, les femmes et Francis Cabrel. Moi il me faut des résultats, et faire la causette au papy m'en a donné.
Sur ce je te laisse, j'ai rendez-vous avec des ~~amis~~ adversaires.
POKER STAR
VENDS OR PAS CHER
VENDS AUSSI CARTE MÈRE, PROCESSEUR, IPHONE, NOURRITURE POUR
HÉ BEN HÉ BEN MON VIEUX MAURICE ON VOIT DE PLUS EN PLUS DE ~~CHINOIS~~ GENS DE PETITE TAILLE JAUNES ET LAIDS.*
ENFIN... TANT QU'ILS NE FONT RIEN D'ILLÉGAL
hep monsieur l'agent!!
*: SUITE À UNE PLAINTE DE FRANCIS CABREL, LA SUITE DE CETTE HISTOIRE RESPECTERA LES CANONS DU "POLITIQUEMENT CORRECT". ENFIN JE CROIS.

C'EST... C'EST À MOI QUE VOUS PARLEZ...?
JE SUIS SI ÉMU VOUS SAVEZ D'HABITUDE TOUT LE MONDE M'IGN
Il est où le Maître des chasseurs?
... LE MAÎTRE DES CH....
HAHA ATTENDEZ MAIS C'EST INCROYABLE, VOULEZ VOUS DIRE QUE VOUS AVEZ OUBLIÉ ALORS QUE VOUS Y ÊTES ALLÉ DES DIZAINES DE F...
Écoute ne Discute pas; je te rappelle que tu es tenu par ton contrat de m'indiquer ma route sans rouscailler
CONTRAT DE TRAVAIL DANS TA GUEULE
AH OUI BIEN SÛR MAIS TOUT DE MÊME MONSIEUR VOUS AVOUEREZ QUE C'EST EXTRAORDINAIRE QUE VOUS AY
Tu es également tenu de le faire en silence
Contente-toi donc d'indiquer le lieu sur ma carte avec ta langue
Je la laisse tomber par terre comme ça tu pourras ramper.
aaaah!!! ...quel plaisir d'avoir à faire à un fonctionnaire serviable!...
Ceux-là y'a pas à dire, c'est quand même mieux tant qu'ils ont pas le droit de grève...
bon donc alors là à gauche...
...à droite...
et là... euh...
Meeerde...
CARTE MÈRE PROCESSEUR, TA FEMME ELLE REVIENT DANS L'HEURE COMBLÉE PAR TON S....
Ta gueule!!
Ah oui putain oui c'est toujours là que je me fais avoir!
Il faut tourner avant la statue du hibou qui vomit sur l'ours!...
Sinon ça n'a aucun sens
...et donc là c'est bon, je retombe sur la chicane dans le tunnel (qu'on se demande ce qu'elle fout là d'ailleurs).
(non parce qu'une chicane moi j'veux bien, mais où qu'elles sont les F1?)
VRRRRAOUM VRAOOO

SÉQUENCE SOUVENIR
LE PALAIS DES BOYAUX
c'est beau
LE TEMPLE DU MOURAD
c'est beau
LE PARC ASTERIX
c'est trés beau
LA MAISON DU MAÎTRE DES CHASSEURS À GRAGRAMMAR
Ah oui quand même j'avais un peu oublié l'effet "parpaing" de l'ensemble...
Bon, y'a plus qu'à espérer qu'il se rappelle de moi et que ça se passe facilement...
DENISE?? C'EST TOI??
JJJ.. JJ'AI ENCORRE VOMI DDENISE...
...FAUT NETTOYER ...
Zéro sur deux

ILS SONT TOUS PARTIS, DENISE! TOUS! MMMONT TOUS LAISSÉ TTOMBER!
rrooh bah faut paas dire çaaa
TOUS MES DISCIPLES! TOUS CEUX QUE J'AI ENTRAÎNÉS! QUE DES INGRRAAATS!
oh mais pas tous quand même
Je suis sûr qu'il y a encore des petits jeunes qui...
bon... Fais-le parler ...
AH OUAI PARLONS-EN DES P'TITS JEUNES. LA PLUPART ONT LE Q.I. D'UNE POULE : "Salu cé Kévin oucé pour butay dut Kochons!"
EN FAIT CERTAINES POULES SONT PLUS MALIGNES...
NAAN DENISE, CH'TE JURE, LE SEUL QUI SOIT PAS UNE ...
OULA HÉ VAZY MOLLO QUAND MÊME
GLOU GLOU GLOU*
... OUÉ LE SEUL QUI SOIT PAS UNE HYÈNE PUTRIDE C'EST LE JEUNE MULDER.
AH LUI, PARDON, MAIS IL EST LOYAL ET RESPECTUEUX
ah... ah oui? comment ça?
La vaaache il est fort cet enfoiré ...
HÉ BEN LUI QUAND IL EST VENU, IL M'A APPORTÉ UNE BOITE DE CALISSONS. PUIS NOUS AVONS JOUÉ AU SCRABBLE EN ÉCOUTANT DU HERVÉ VILARD...
haaan... Super Fort même
FRANCHEMENT ÇA ME CHANGEAIT DES ZAUTRES ZARRIVISTES QUI VOULAIENT JUSTE QUE JE LEUR DISE OÙ EST LE FUSIL MAGIQUE
QU'EST-CE QU'ILS CROIENT CES FUMISTES! UN FUSIL MAGIQUE ÇA SE MÉRITE
ça... ça va de soi...
DU COUP, J'AI DIT À MULDER COMMENT EN AVOIR UN!
«LUI AU MOINS C'EST PAS LE GENRE À FAIRE DES CONNERIES»
ALL IN!
youhou

*: 52 % du volume

HA NAN C'EST SÛR HEIN C'ÉTAIT L'BOOON TEMPS ÇA DENIIIISE
TOUS CES JEUNES QUI VENAIENT ME VOIR POUR ME DEMANDER COMMENT « APPRIVOISER L'COCHON.. »
« FAUT LES FAIRE RIRE » QUE J'LEUR DISAIS !
ET APRÈS C'EST DANS LA POCHE..
ok. j'ai mon compte ...
GLOU GLOU
PUTAIIIN MAIS TU VAS ME DIRE OÙ IL EST LE FUSIL MAGIIIIQUE
EEEH MAIS ÇA ME REVIENT MAINTENANT.
ah oui? ah oui?
ELLE EST MORTE EN 37 DENISE
ÉCRASÉE PAR UN TROUPEAU DE BUFFLES PENDANT UN TOURNOI DE POKER
OUAI! ET TOI T'ES PAS DENISE T'ES KALAHANE!
LE FRELUQUET QU'EST VENU ME MONTRER SES FESSES ASSEZ PRÈS POUR QUE J'AI À M'ESSUYER L'NEZ LE JOUR DE SON NIVEAU 60 !
PUNG
PUNG
PUNG
Mais non mais c'était une idée de Muldeeeer
AH ÇA VA HEIN NE DIS PAS DE MAL DE TON CAMARADE EN PLUS
MULDER A ÉTÉ ATTENTIONNÉ AVEC MOI
TOI T'ES PAS DU GENRE À M'OFFRIR DES CALISSONS, HEIN!
C'est vrai mais moi ...
...Je couche.

(BIEN) PLUS TARD
alors, heureux ?
Le mieux dans le sexe c'est les accessoires
J'AIME BIEN AUSSI LES INVITÉS SURPRISES !
J'aurais plutôt dû proposer un scrabble
QUOI QU'IL EN SOIT, JEUNE KALAHANE, JE RECONNAIS TES MÉRITES.
SURTOUT QUAND TU FAIS "L'HÉLICOPTÈRE"
AUSSI VAIS-JE TE RÉVÉLER COMMENT OBTENIR LE FUSIL MAGIQUE QUE TU CONVOITES
ALORS VOILÀ : AU COMMENCEMENT ÉTAIENT TROIS DÉMONS QUI BLABLABLA
aaah cool y a une histoire
ME ET AVEC DU BLA
moi j'aime bien les histoires
BLA EN PLUS, BLA BLA ILS SE BALLADENT DÉGUISÉS BLA BLA ILS PRENDRONT LEURS VÉRITABLES APPARENCES SI TU LEUR FAIS DES GUILIS
D'accord
BLA BLA. TU DEVRA LES TUER
Cool !
ET RAPPORTER LEURS NOMBRILS BLA BLEU BLIBLO BLU ET POUR FINIR
Hé Frelon c'est quoi ce truc qui coule sur ta hache ?
1.243.723 COUENNES DE PORCS POUR AVOIR LE FUSIL !
Haha !
ah ouai comme dans l'épisode de South Park, la vanne sur les chiffres absurdes
et combien il en faut en vrai ?
BEN... 1 243 723.
caca

1,2 million de couennes de porc ! Non mais sérieusement !
J'ai calculé : en en faisant trois par minute, eh bin ça fait affreusement long !
Ça c'est parce que t'es pas un professionnel du jeu comme moi
Nous les professionnels du jeu on a toujours plein d'argent et du coup on peut s'acheter toutes les couennes de porc au marché
et même un p'tit sac Vuitton pour les trimbaler
RICARD
ah bah tu vas pouvoir lui prêter la thune alors
et pis nous payer l'coup aussi, hein, on est copains
ah ouai mais là non, le poker s'est passé moyen
Je suis pas trop en fond du coup...
...d'ailleurs si tu peux me payer la suze
Eh bien soit, Mulder !
...mais tu devras porter ce t-shirt toute la semaine
Hein ?
tu préfères le scrabble ?
alors exécution
FRELON ROX
Ton problème Mulder, c'est que toi t'as pas de dignité
FRELON ROXXE
alors que moi...

... tu couches?
oh tu peux rire boule de poils...
FRELON
... mais moi je ne suis pas prêt à bosser comme un damné simplement pour être le deuxième du royaume à me la péter avec le dernier objet magique à la mode ...
FRELON
MEGADEATH
Messieurs, j'en ai assez entendu. Je vous laisse.
Ben qu'est-ce que j'ai dit?
ah bé qu'est-ce que tu veux tout le monde a pas ta conscience politique, hein.
En plus il vient de récupérer une nouvelle armure, c'est tout son monde que tu remets en question...
FRELON
nan mais moi j'respecte, hein, tu refuses la société compétitivo-consumériste, c'est fort...
Moi, j'ai pas ta force d'âme c'est sûr!
ROXX
si j'étais pas profondément attaché à un mode de société inégalitaire et cruel j'applaudirais...
... VENDS OR PAS CHERS NEMS
cela dit tu dois savoir que tu ne peux plus être le deuxième ...
FRELON
...vu qu'hier dans la forêt j'ai croisé l'autre elfe, là, tu sais "BTD"...
...et qu'il avait aussi "le" fusil magique
Le... Le fusil magique?
BEUM
FRELON
...un...
...un elfe?

DIX MINUTES PLUS TARD, KALAHANE QUITTAIT GRAGRAMMAR POUR LES ALPES, OÙ L'ATTENDAIT LE PREMIER DÉMON
KALAHANE ET Le Fusil Magique
CHAPITRE 1:
«GROSSES CORNES»
je suis Faible...
MA SERVIETTEUUU..

plom plom ...
jojo rhabille toi
Laissez moi, madga. La vie est trop courte.
... tiens ?
une naine ?

Salut à toi, Fière petite naine!
tu as dû t'égarer à tout le moins car te voilà à Gragrammar
Une terre dangereuse pour toi.
En outre tu as devant toi l'immense Kalahane qui a tué du nain plus souvent qu'à son tour
"nainsecticide" qu'on m'appelle
Mais là j'ai une quête grandiose à accomplir et je me sens d'humeur clémente
Si tu bouges ton zek de là, je te laisse la vie sauve.
Ça ou chier des briquets Bic elle en a rien à foutre apparremment
bon bon bon...
...eh ben on va se faire un petit plaisir!
attention, le petit oiseau va sortir...

à La une ... à La deux ...
KRUNCH!!!
BOULINE
haaannn...

Attention Attention Message à toute la populace de Gragrammar
crr.
Aujourd'hui, à quatorze heure dix-sept, à l'heure où blanchit la campagne...
crr.
...le célèbre troll Kalahane...
crr.
BOUBOURSE
...s'est fait mettre une dégelée resplendissante à domicile...
BOUBOURSE
...par une naine...
crr
HA HA HA HA HA HA HA HA HA HA HA HA HA HA HA HA HA HA HA HA HA HA HA HA HA

Voilà c'est dit. Sur ce, bonne journée à tous
clic
...oui pardon tu disais ?
Un truc sur le Fait de garder ça pour toi mais je réalise soudain que c'était stupide.
FRELON
DEVINETTE : SAIS-TU POURQUOI KALAHANE N'EST PAS MORT ?
ah nan mais tu vas voir, c'est drôle en Fait !
c'est juste que t'as pas le recul.
C'est ça marre-toi !
cette Furie est là pour venger ses Frères nains... Tu es sûrement sur sa liste !
PARCE QU'IL BANDE ENCORE !
MpFrrt
FRELON
HouHou Hou
(SON ARC)
JUUAHAAAH HA AH
Enfin Kalahane un peu de sérieux
c'est une Femme
(NON EN FAIT C'EST PAS ÇA.)
Bon allez viens, on passe à mon vestiaire.
Bien sûr je pourrais Fesser cette coquine à main nue...
... mais l'utilité des Faibles, c'est quand même de les humilier !
FRELON
ROXX !
(EN FAIT IL A JUSTE EU TRÈS TRÈS MAL MAIS SINON ÇA VA)

Alors je vais prendre mon armure et mon Fusil et......
VIDE
Mmm... maiiiiis... mon matos.....
ah ça c'est drôle!
tu verras quand t'auras le recul!
FRELON
Bon, c'est pas grave hein tu te la Fais à main nue?
Hein? vu que t'es un prwofessionalz diou jieu?
Attends, c'est par là, tu vas me montrer!
SORTIE
mon matoooo...s
Eh attends c'est dangereux ton truc...
Penses-tu! Avec le sac elle peut pas me reconnaître!
toi par co...
FRELON
Roxx..!
SP
Ah c'est bon en Fait elle m'attaque pas.
Mais Putain mais aide m
tu n'y penses pas je pourrais me blesser
THUD
THUD
THUD
⇒ TRÉS TRÉS MAL.

NON LOIN DE LÀ, QUARTIER DES GUERRIERS DE GRAGRAMMAR.
DiaFwL
Kranbreaker
Mouai... Ben ce [pantalon des Géants], y me fait un gros cul!
Ah bé qu'est-ce que tu croyais chéri?
+40 Endurance Faut bien les mettre quelque part!
if you wanna by my lover ...
Tiens rajoute ce patch mon chou
Oooh c'est doux c'est du [cachemire]?
de la [maille de Leviathian]
... try to understaaaan.
Han tu déconnes c'est Piiire!!
Je... Je suis une vache ...
+12 endu mon DiaFwL! Si tu peux pas le cacher, remets-en une couche!
AYÉÉÉ

Alors, vous en pensez quoi de mon nouveau set d'armure?
T'as ...
...T'as des nichons, mec.
Hein?
Heu non.
non non.
N'importe quoi.
Haha trop Fort j'hallucine!
Il a pris le modèle Pour Femme!
P... Pas du tout...
Nan, mais t'inquiète Frelon!
Quelques améliorations et ce sera très joli!
Un petit Glyphe sur le visage...
Un p'tit Patch sur la poitrine...
MAiiiLLEUH!!!
Et voilà! "Queer As Folk !!"
Il te va bien Finalement ton [set de la morue]!
HA HA HA HA GRA GR
HAH HA HA GRA GR

BACK TO THE BAR
Alors c'est tout? Tu te prends cinq-six roustes et t'abandonnes?
Si t'avais vécu ma vie, tu saurais que j'agis par expérience sur ce coup là.
En général, quand il y a un obstacle comme ça entre moi et mes objectifs, tous mes efforts ne font qu'amplifier ma défaite
ASUS
FRELON
Pour te dire, j'ai des fois l'impression qu'une puissance supérieure prend un malin plaisir à m'humilier.
NON LOIN DE LÀ
OH oH
EAGLES OF DEATH METAL
ALLO GREG? C'EST VINSS
JE CROIS QUE KALAHANE COMMENCE À SE DOUTER DE QUELQUE CHOSE
ENFIN VINCENT NE FAIS PAS L'IDIOT.
JE TE RAPPELLE QUE C'EST MOI QUI ÉCRIT SES TEXTES...
... ALORS C'EST MOI QUI COMMENCE À ME DOUTER DE QUELQUE CHOSE.
AH OK
GRAGRAMMAR
Nan du coup j'ai un meilleur plan: J'attends tranquillement qu'elle se lasse...
... en jouant à un jeu Massivement Multijoueur sur l'internet!
Ah c'est bien, ça?
LOGIN: KALAHANE
PASSWORD: STEVOPUDUC
Faut faire quoi?
Ben là je suis un "défenseur de la liberté" et je dois repousser une par une des hordes de berserkers
FRELON
ROBERT42 a rejoint la discussion
ROBERT42: Bon y en a marre ça fait 2 mois qu'internet y marche pas.

KALAHANE@ FREE: Bonjour ROBERT42 comment puis-je vous aider ?
ROBERT42: Vous êtes le quatrième gars qui me répondez! J'ai bien vérifié les condensateurs, les câbles, l'alim, rien ne marche. Alors ?????????
Han il a l'air balaise. Comment tu vas faire?
Comme ça.
ASUS
FRELON
KALAHANE@ FREE: En premier lieu, pourriez-vous vérifier les condensateurs ?
TAP TIP TAP TIP TAP
FRELON
ASUS
ROBERT42: BONSABGMZIS VOUS Liisez OU Quoi JE VINS de VOUS LDIRE !!!!!!!!!!!!
Là tu vois, je lui ai fait une [réponse du Téléconseiller Putride] qui lui a fait perdre 25 points de patience.
Coool
-25 pts
FRELON
BIEN
SS IN URUGUAY SOUS UN CHAPEAU DE PAILLE!
Ah attends on m'appelle
En tous cas il a l'air marrant ton jeu
Ah bé c'est la parfaite occupation pour un troll frustré je pense...
FRELON
ASUS
KALAHANE@ FREE: Monsieur, croyez bien que nous sommes désolés pour la gène occasionnée
Ah c'est toi Frelon?
t'as eu mon message? J'ai besoin de ton aide, moi!
TIP TIP TIP
FRELON
ASUS
et que nos équipes techniques s'en occupent vraiment comme si elles en avaient quelque chose à foutre.
Quoi t'es déjà là?
Ben t'es où mon copain?
FRELON
-25 PTS
ASUS
la bombe de la table d'à côté?
non... J' vois pas, non.
FRELON
ROBERT42 a quitté le canal (motif: s'est pendu)

ZONE INTERDITE
ZOOONE INTERDIIIITE
ZOOOONE INTERDIIIITE
JEUX VIDEO EN LIGNE:
LES NOUVEAUX JUNKIES
CHER AMIS BONJOUR. AUJOURD'HUI DE PLUS EN PLUS DE GENS JOUENT À DES JEUX EN LIGNE PLUTÔT QUE DE REGARDER LA TÉLÉ.
POUR NOUS VENGER NOUS ALLONS EN DIRE DU MAL.
KALAHANE, 31 ANS, DROGUÉ, PROSTITUÉ. IL COUCHE POUR DU "MATOS", SELON SES PROPRES MOTS.
C'est parce que j'ai eu une enfance malheureuse
Tais-Toi et couine
ENSUITE IL SE FAIT VIAOL VIOLL ENCULER PAR UNE NAINE.
MULDER, 31 ANS, JOUEUR PROFESSIONNEL, DROGUÉ. VIT EN T-SHIRT DEPUIS QU'IL S'EST FAIT VOLER SON MATÉRIEL.
ouai ben marrez-vous.
Chuis sûr que c'est un coup des Roumains!
FRELONETTE
ROXXE
LA SEMAINE PROCHAINE: LES ROUMAINS: DROGUE, VOL, PUTES.
FRELONVERT: 34 ANS, DROGUÉ, MORT, TRANSEXUEL
Hé! on est à la télé?
Je sais dire l'alphabet en rotant si vous voulez!
LE PIRE: BIENTÔT PAPA
(Nd GREG: VERY DICK!)
VIES BRISÉES, DESTINS TRAGIQUES NUL NE SAIT VRAIMENT CE QU'IL VA ADVENIR DE CE RAMASSIS DE DÉGENÉRÉS PÉDOPHILES NAZIS BELGES ALTER MONDIALISTES.
Bon allez assez ri mes amis, allons équarrir le vieux beau!
ouai!
youpi!
Ah lala que le temps passe quand on s'amuse!
Alors ça y est? tu t'en vas?
FRELONETTE
ouai je pense qu'elle est partie, là!

Personne à gauche ...
... personne à droite ...
Go!
Bon n'empêche ...
si un jour quelqu'un raconte ma geste, faudra pas oublier de biffer cet épisode peu glorieux...
BOM BOM BOM
BOM BOM
Eh ben voilà, il est parti...
Mon Dieu, j'espère qu'il ne va rien lui arriver!
FRELONETTE ROXX
Ah écoute on aura fait de notre mieux!
Moi avec mes conseils, toi avec tes provisions...
Je sais bien mais...
HÉ MONSIEUR! HÉ MADAME!
ORPHELIN GRAGRAMMAR
... J'ai un mauvais pressentiment
Moi aussi un jour je s'rai un grand beau chasseur
comme votre fils qui vient de partir, là!
ORPHELIN GRAGRAMMAR

Bon et à part ça Frelon je sais pas pour toi mais je commence à trouver la situation pénible, là!
FRELONETTE
ROXXX
Affirmatif mon Muldos...
...Allons Faire une Réclamation!

C'ÉTAIT L'HIVER SUR LES CÎMES ALPINES. APRÈS UN LONG TRAJET (ENVIRON 15 MIN.) LE TROLL KALAHANE FIT HALTE DANS UNE BONNE AUBERGE POUR Y PRÉPARER SA PROCHAINE TRAQUE. ÉQUIPEMENT, TECHNIQUE D'APPROCHE, CHOIX DU CASSE-CROÛTE (GRANOLA OU 8.6), TOUT ÉTAIT SUJET À D'INTENSES DÉLIBÉRATIONS PERSONNELLES.
CAR N'OUBLIONS PAS QUE LA CHASSE RESTE AVANT TOUT LA VICTOIRE DE L'INTELLECT SUR L'INSTINCT PRIMAIRE.
ASTIQUE ASTIQUE ASTIQUE
Ah oui !
Ici CANAL PORN
AU CHAMOIS LUBRIQUE
...Faut que je regarde la vidéo dont m'a parlé Mulder...
...celle qui passe sur le cable, là ... avec le chasseur célèbre qui ex...
CLIC
...plique les techniques
JE VOUS EN PRIE, SAMANTHA, CONTINUEZ ...
AH JOHN, ÇA VOUS EXCITE, N'EST-CE PAS?

...MES [BOTTES DE LA COURTISANE] +35 AGILITÉ... +10 ENDURANCE ...
... +28 AU TOUCHER ...
BON SANG DE BOIS SAMANTHA, VOUS ÊTES UNE SACRÉ COCHONNE!
QUEL MAL Y'A-T-IL À CELÀ, JOHN ?
ASTIQUE ASTIQUE ASTIQUE
J'AIME AVOIR DU BON MATERIEL ...
...J'AIME LE MONTRER ...
CRRR
ET SANS TRANSITION, C'EST LE RENDEZ-VOUS DE TOUS CEUX QUI VEULENT UN FUSIL MAGIQUE, AVEC
CHUCK NORRIS
Hi
LE PLUS GRAND CHASSEUR DEPUIS YÜNGRÜT LE PETIT INUIT!
Ah ouai Cheuquenaurice
... c'est bien aussi Cheuquenaurice ...
K'GUYZ THIS IS RLLY ME CHUCK NORRIS...
YOU'VE SEEN ME IN MANY MOVIES SUCH AS "DELTA FORCE" "DELTA FORCE 2" "DELTA FORCE 3" "DELTA FORCE 4" "DELTA FORCE 5"
Meeerde c'est en nangliche!

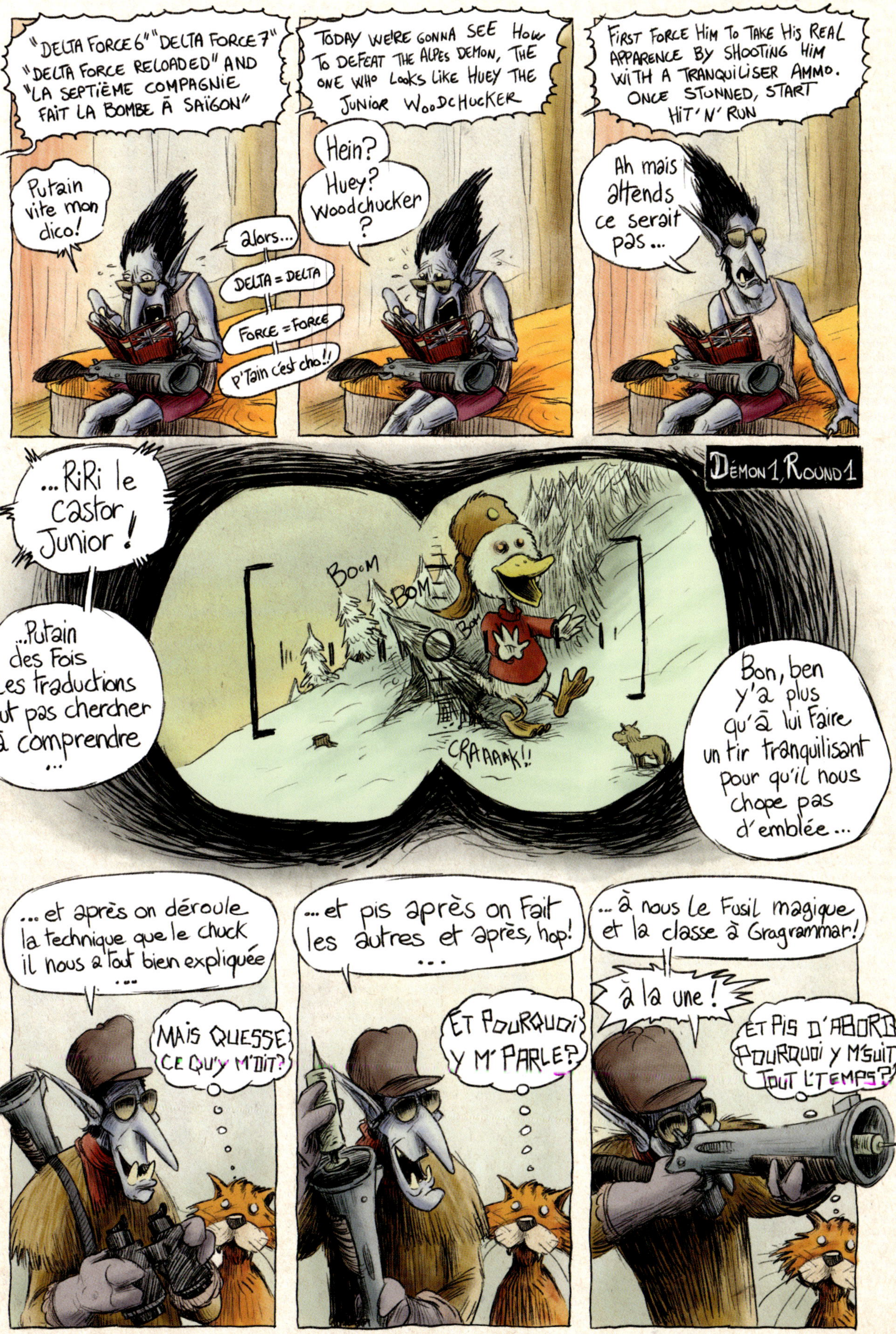
"DELTA FORCE 6" "DELTA FORCE 7" "DELTA FORCE RELOADED" AND "LA SEPTIÈME COMPAGNIE FAIT LA BOMBE À SAÏGON"
Putain vite mon dico!
alors...
DELTA = DELTA
FORCE = FORCE
P'tain c'est cho!!
TODAY WE'RE GONNA SEE HOW TO DEFEAT THE ALPES DEMON, THE ONE WHO LOOKS LIKE HUEY THE JUNIOR WOODCHUCKER
Hein? Huey? Woodchucker ?
FIRST FORCE HIM TO TAKE HIS REAL APPARENCE BY SHOOTING HIM WITH A TRANQUILISER AMMO. ONCE STUNNED, START HIT'N'RUN
Ah mais attends ce serait pas...
DÉMON 1, ROUND 1
...RiRi le castor Junior!
...Putain des Fois les traductions Faut pas chercher à comprendre...
BOOM
BOM
BOM
CRAAAAK!!
Bon, ben y'a plus qu'à lui Faire un tir tranquilisant pour qu'il nous chope pas d'emblée...
... et après on déroule la technique que le chuck il nous a tout bien expliquée...
MAIS QUESSE CE QU'Y M'DIT?
...et pis après on Fait les autres et après, hop!...
ET POURQUOI Y M'PARLE?
...à nous le Fusil magique et la classe à Gragrammar!
à la une!
ET PIS D'ABORD POURQUOI Y M'SUIT TOUT L'TEMPS?

CHAMO
SKYSHOP
@SKYPASS
STATION
STATION
SSHHHHH

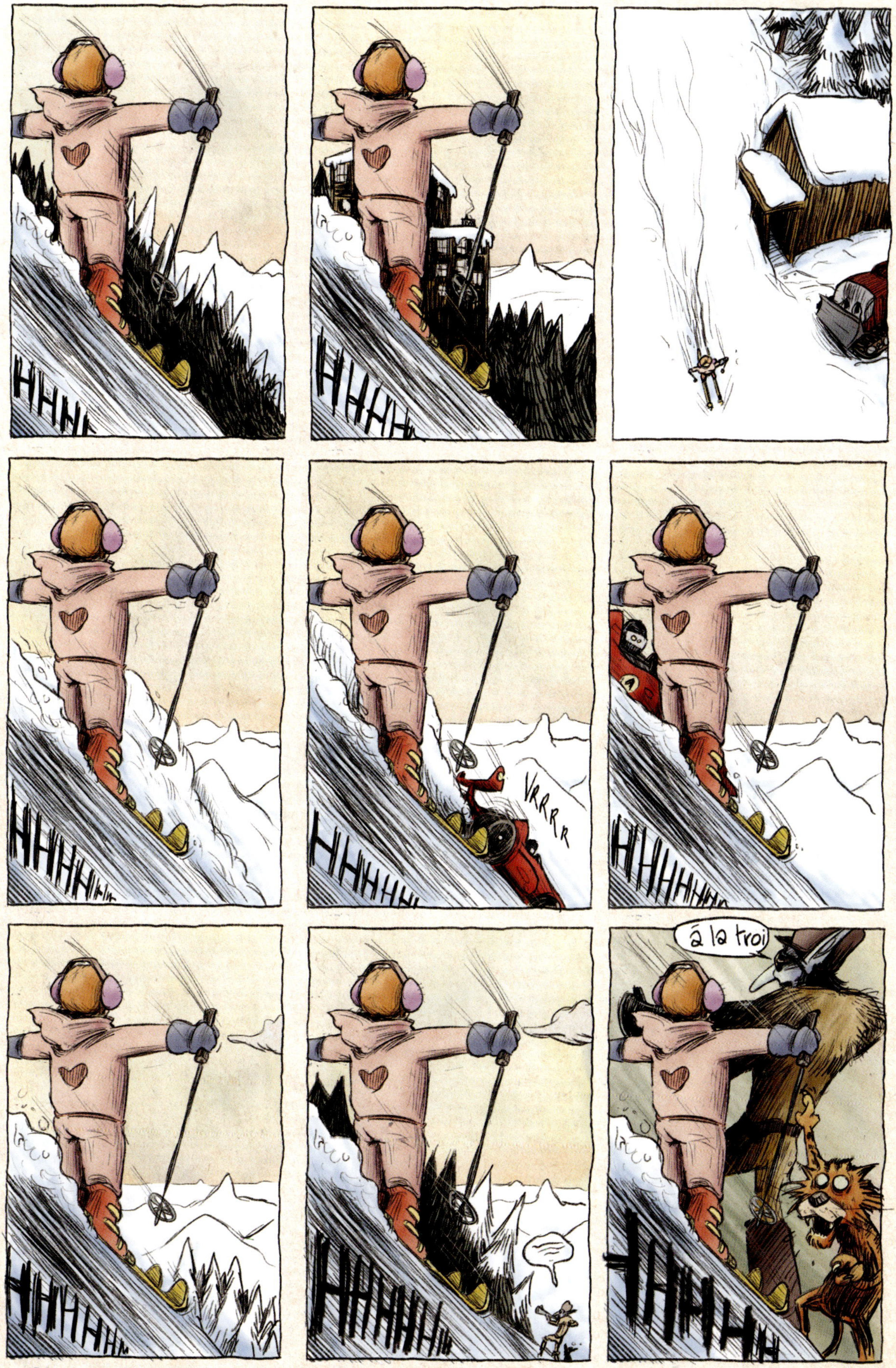
VRRRR
ā la troi

Hola m'sieur L'agent! m'sieur l'agent!
Oui alors c'est des Rouma
u alors des Pakistanais qui
m'ont chourré tout mon ma
dans mon casier y co
mes tongs combat en suè
donc c'est super horrible quoi.
ÉCOUTEZ JE NE VOUDRAIS PAS VOUS DIRE DE BÊTISES ...
HMM...
UN INSTANT.
alala cé vremam s1pa 7 visit ah Gragramare mé jeu com pran pa b1 le pano
AVIS
LES NAINS ET LES GNOMES SERONT EXTERMINÉS À VUE.
Atan vla 1 agen om vahluy 2 man

EXCUSEZ-MOI, PETIT CONTRÔLE AU FACIÈS ...
... OUI DONC JE VOUS DISAIS QUE JE NE VOULAIS PAS VOUS DIRE DE BÊTISES ...
FRELONETTE
ROXX
... DONC CE QU'IL FAUDRAIT C'EST QUE VOUS ALLIEZ EXPLIQUER VOTRE SITUATION AU BUREAU DES RÉCLAMATIONS ...
C'EST JUSTE DERRIÈRE
Hmph, pourquoi je suis pas surpris?
Allez go
et...
Pour mon problème de nichons?
ALORS LÀ JE VOUDRAIS **VRAIMENT** PAS VOUS DIRE DE BÊTISES...

MLECHIEN : Mes films sont lents à télécharger ca ne dépasse pas les "19kb/s".
ASUS
KALAHANE@ FREE : ... c'est sûrement parce que ce sont des films avec des vieilles femmes nues manipulant des accessoires lubrifiés.
Tip
Tip
Tip
ASUS
MLECHIEN s'est déconnecté [motif: conjoint qui entre dans la pièce]
Bon ben c'est pas tout...
-500pt
DELL
DÉMON 1, ROUND 2
LES RAPTOUS
OUKI SONT LÉ RAPTOUS ?
...Et dans le doute que l'autre folle se ramène, on lambine pas !
BOM
BOM
BOM
3 2 1 FIRE !
OOooH Toi...
Toi T'AS OUBLIÉ DE COMMENCER PAR UN TIR TRANQUILLISANT !
meeeeeerde

INTERLUDE : LE "MAKING-OFF" DES AVENTURES DE KALAHANE !
TU COMPRENDS VINCENT, LES LECTEURS DE STEVOSTIN SONT DES GENS D'UNE GRANDE INTELLIGENCE, AVIDES DE RÉFÉRENCES CULTIVÉES ET RICHES DE SENS...
TIENS..?
PAR EXEMPLE COMME QUAND J'AI PRÉSENTÉ DANS LE TOME 2 LES INSTANCES COMME UN PARC À THÈME, TOUT EN PRÉSENTANT LES MONSTRES COMME DES RICAINS DÉGUISÉS EN TERRORISTES POUR DÉNONCER LES MENSONGES DE LA GUERRE À LA TERREUR
ET J'AI MÊME PAS EU BESOIN D'EN DIRE PLUS POUR QU'ILS SAISISSENT CETTE ALLÉGORIE INGÉNIEUSE...
...MAIS OUI! IL A ENCORE PRIS D'LA FESSE!
NOUS NE LES DÉCEVRONS PAS VINCENT! POUR LA VÉRITABLE APPARENCE DES DÉMONS NOUS TROUVERONS LA MÉTAPHORE LA PLUS ÉLÉGANTE ET RACÉE QU'ON PUISSE IMAGINER!
GREG IL A UN GROS CUL GREG IL A UN GROS CUL
ET C'EST AINSI QUE...
OOOOH TOI...
TOI T'AS OUBLIÉ DE COMMENCER PAR UN TIR TRANQUILLISANT !!
LOVE
PAIN
LUBE
Meeeerde

Démon 1, Round 3
GROTTE DU TUNNEL TOUT SOMBRE QUI SENT PAS TRÉS BON
BEEE
TU SAIS KALAHANE, DES FOIS DANS LES GRANDS ESPACES ON SE SENT TRÈS SEUL ...
Je suppose qu'un scrabble est hors de question?
NON, JE VAIS PLUTÔT T'ENCULER AVEC MON ÉNORME BITE.
eh ben comme ça c'est dit.
ET APRÈS JE T'AUTORISERAI À M'ARRACHER MON PIERCING AU NOMBRIL ...
PAIN
LOVE
... QUE JE TE VOIS RELUQUER COMME UNE COCHONNE DEPUIS TOUT À L'HEURE!
Bon, c'est n'imp, là!
Jusque-là dans toutes ces histoires y'avait pas ou peu de cul maintenant j'me le fait labourer toutes les 10 pages!
et jusque là, toutes les vaches qu'on voyait étaient plutôt du genre Mulder, des gens sains qui pensent surtout à buter du nain et améliorer leur matos
Pas des dégénérés "très cuir" comme toi!
OUI MAIS MOI ...
PAIN
JE COUCHE !!

De longues heures plus tard, le noble Kalahane (aussi appelé "Kalahane le Magnifique", "Le chasseur éternel", "Nainsecticide") (et plus récemment "Le tunnel du Mont Blanc", "Etoile des neiges" ou "Ma petite Heïdi") quittait l'antre du minotaure d'un pas altier, l'anneau convoité niché au creux de sa main.

Après une longue marche, il atteint enfin le réconfort de son chalet...

...grimpa les trois étages par le magnifique escalier boisé (en colimaçon)...

...et s'allongea dans son lit à la recherche d'un repos bien mérité.

Il se sentait comme violé.

BUREAU DES RECLAMATIO
NUMÉRO D'APPEL 0002145
0002532
0002531
FRELONETTE
J'm'ennuie...
Je m' ennuie
Je m' ennuie
Je m' ennuie

BUREAU DES RECLAMATIO
NUMÉRO D'APPEL 0002145
BUREAU DES RECLAMATIO
PAS DE SPAM!
FRELONETTE
BUREAU DES RECLAMATIO
NUMÉRO D'APPEL 0002146
CLIC
FRELONETTE

C'EST SOUS UN SOLEIL DE PLOMB QUE KALAHANE, TALONNÉ PAR UNE TROMBE POUSSIÉREUSE FIT SON ENTRÉE À FORT CÉRARIEN, UN VILLAGE SITUÉ À PROXIMITÉ DE SA SECONDE PROIE. SUANT, HIRSUTE, DIVINEMENT SALE, IL ÉTAIT BEAU ET CHAUD À LA FOIS.
PARCE QUE LA CHASSE, C'EST HONCHO, TU VOIS ?
EL POLLO DIABLO
Hotel
KALAHANE
ET
Le Fusil Magique
CHAPITRE 2 :
PLUS Personne ne bouge
OLA Amigo, il vous reste une chambre ?
¡AH SI SEÑOR YÉ PLAIN LA PLACE, OUI !
YÉ YOUSTE OUNE GNOME ET OUNE NAIN DÉDANS L'HOTEL
Une Naine ?!?
Crève Bouline crève !
EL POYO DIABLO
HOTEL
...QUÉ ILS FONT L'ORDINATEUR, TOUT SA...

BIBI53 : Ma passerelle linux n'arrive pas à avoir votre modem. Je l'ai reconfigurée mais on dirait un problème de drivers.
BOUBOUNICO@ ORANGE : il Fo ke tu LAnSse WiNDOwsE UPdatTE MOnssieu
-7894 pts
HPute
ah ah c'é vrê ke sa dé tan !
Ben oui mais si toi tu dis "oun" moi je comprends "une"
¡MA NON HÉ POUR "OUNE" YÉ DIT "OUNE", ESTUPIDEZ !
PTIPOTAM
BOUBOU
Dites c'est votre boîte postale là ? J'attends une lettre...
AH MAIS VAS-Y SEÑOR, FAIS-TOI PLAISIR
BP 142
NOTE : DANS LE MONDE DE KALAHANE, ON PEUT RECEVOIR SON COURRIER DE N'IMPORTE OÙ.
ROGNUTdJUU
(ET N'IMPORTE QUELLE QUANTITÉ DE COURRIER AUSSI).
Ça Faisait peut-être un peu longtemps que j'avais pas géré cette boîte... voyons voir...
de : Jaimie Sujet : Un bermuda pour ton petit neveu
Non, pas ça
de : Frelon Sujet : Collection de pin's
Non plus...
de : Chongli Sujet : de l'or et un gros tennis
...naaan...
de : Hotel des ventes Objet : Achat n° 814275
Ah !

On peut y aller !
PEU APRÈS
CHOUCHOUX CHOUCHOUX
BARRES CHOCOLATÉE
GLACES
QUIQUI N'EN VE
BOM BOM BOM
Le voilà !
Mais d'abord... prudence !
Le radar PortatiF !
... s'agirait pas de se reprendre "oune haine" sur la gueule au moment critique !
ZWOOO
Hmm
C'est bon !
Pas le moindre skieur à 50 kilomètres à la ronde !
On est "safe" !
DÉMON 2, ROUND 1 !
Allez !
À LA UNE !
CARAMBAR... MÈTRE ZIGOTO...
de : Kalahane pour : Mulder
Sujet : Ca s'est très très mal passé

À la Trois !
PAN
Je sais pas ce qui a Foiré vu que j'ai tout bien Fait comme a dit chuck...
D'abord j'ai tiré le coincoin qui a pris sa véritable apparence...
PRISE
RAPIDE
... puis s'est retourné et m'a lancé son regard pour me changer en pierre...
Là j'ai Fait ce qu'a dit chuck pour me protéger...
Eh ben ça a pas marché dis-donc.
(en plus c'est Super dur de taper un SMS quand tu peux pas bouger les doigts...)
de Mulder A: kalahane
Sujet: Re: ça s'est très très mal passé.
Han t'as oublié de traduire Sharon Stone en Français!
Par contre, pour la pétrification, t'en Fais pas ça dure qu'une heure...
Donc patiente encore un peu, pour une Fois que tu peux t'en tirer sans casse!
Croisons les doigts.

C'EST BON VOUS AVEZ FINI VOTRE SMS ?
Oui m'sieu
Bip Bip
ALORS REPRENONS. DONC, QUELQU'UN A VOLÉ VOTRE CASIER SANS EFFRACTION
Oui vala c'est ça
ET IL N'Y A QUE VOUS QUI CONNAISSIEZ LE CODE?
Hem... oui ...
PERSONNE VRAIMENT?
O... OUI
DITES MOI MON GARS VOUS VOUS FOUTRIEZ PAS UN TOUT P'TIT PEU DE NOTRE GUEULE DES FOIS?
ET ÇA, C'EST PAS VOUS AVEC LES CHINOIS?
MJ TORQUEMADA
7 TRANSACTIONS DEPUIS QU'ON VOUS SURVEILLE! LE SAINT ORDRE DE L'OMC VOUS EXCOMMUNIE!
ALLEZ FOUTEZ-MOI LE CAMP !
BUREAU DES RÉCLAMATIONS
?
BUREAU DES RÉCLAMATIONS
à moi
NOM DE DIEU QU'EST-CE QUE C'EST QUE ÇA?
Ben c'est des nichons.

La suite, sous vos applaudissements.

* DANS LE MONDE DE STEVO, C'EST LA SEULE MÉTHODE POUR MOURIR POUR DE BON. SISI.

Je demande une Voyelle !
Mais non non non
T'as jamais joué au pendu ?
tu réclames une lettre précise bon sang !
ZOG ZOG
TAC TAC
?
?
?
?
Et de préférence une lettre couran
Je demande un W !
SALUT C'EST CHUCK. POUR LE TROISIÈME DÉMON C'EST UN PEU COTON CAR C'EST UN SPHINX QUI POSE À CHAQUE FOIS UNE QUESTION DIFFÉRENTE
c'est quand même mieux doublé par moginor ...
DONC LÀ, PETITE DÉMONSTRATION EN LIVE, ON VA VOIR SI JE SUIS TOUJOURS UN PRO DU TRIVIAL POURSUITE...
SALUT DÉMON
SALUT ÉTRANGER
QUI A TUÉ KENNEDY ?
BURP
Pas de K non plus ? mince !
FRELON SUXXE
SUICIDAL TENDENCIES
Pourtant ça vaut cher au scrabble le K...
Frelon, bordel !!!
SUICIDAL TENDENCIES
... arrête de faire le con le mot c'est " EFFAGE
Je demande un @ !

DÉMON3 ROUND1
ÉTRANGER, RÉPONDS BIEN ET TU GAGNES L'ANNEAU QUE TU CONVOITES, RÉPONDS MAL ET JE TE DIGÉRERAI PENDANT DES MILLIARDS D'ANNÉES...
Roooh La référence à Starouasse hé...
QU'EST-CE QUI MARCHE À QUATRE PATTES LE MATIN, À DEUX PATTES LE MIDI, À TROIS PATTES LE SOIR?
MAKING OFF AGAIN
ATTENDS C'EST SUPER DUR TA QUESTION HÉ!
ET POURTANT, VINCENT, N'EST-CE PAS LÀ LA MÈRE DE TOUTES LES QUESTIONS?
STEVO IL A JAMAIS DES TRUCS DURS COMME ÇA! ...
BIEN SÛR, "L'HOMME" EST LA RÉPONSE
QUANT À TON KALAHANE IL NE TROUVERA PAS.
QU ... QUOI?
SOYONS SÉRIEUX, CE N'EST PAS DE SON NIVEAU!
IL N'AURA QU'À COUCHER COMME D'HABITUDE!

SAUF QU'À CE MOMENT LÀ...
Çay Moi !
BZZZZ
PROUT
EMBUSH POWA

Non mais quel est cet impost...
Ha Ha Ha Ha Ha
THUD
THUD
THUD
THUD

Bizarre ça, le portable de Kala il Fait Bip Bip Bip et pis Biiiiiiiiiiiip
Hey Mulder mate!
Hmm?
J'ai pu de nichons!
Bah oui tu t'es changé...
Hein?
Tu veux dire que depuis le début je suis pas vraiment une Femme?!
Allez viens j'ai vu la lumière et Dieu a dit que c'était par là...
Attends Faut que je passe un coup de Fil...
...Qu'on trouverait le salaud qui m'a volé mon matos...
... oui allô? Je voudrais annuler la commande que j'ai Faite pour ma Femme...
oui voilà, elle est morte...
... et à qui il veut qu'on claque le beignet
... Donc les sous bocks, la crème hydratante et les légumes Bio y en a plus rien à Foutre hein...
... la collec Harlequin et le chocolat?
Nan ça on garde allez.

Donc comme ça, vous êtes un genre de producteur international de [couennes de porc]?
Oui Tintin, mais la naine ça l'énerve et elle nous fait du mal.
BLAM
Et pourquoi vous me ressemblez tous?
Toi trés célebre ici Tintin. Nous tous vouloir te ressembler.
BLAM
Donc si la psychonaine me démonte la boîte depuis 50 pages, c'est un peu grâce à vous, quoi!
Ooooh Tintin
Toi pas sauter aux conclusions comme ça...
... Tu sais, si nous pas avoir client nous pas être là pour commencer.
Tiens... Honorable client toujours revenir fumerie d'Opium ...
Bruce, va l'accueillir !
...Et ici, bien planqué entre deux blocs, c'est le vilain chinois qui nous envoie tout ses VRPs.
Oui MAÎTRE
Bon sang... encore un Final bien ésotérique...
VENDS OR PAS CHER COUENNE DE PORC iPHONE
BLA
On est en mission pour le seigneur.
... et à ce que je vois, on a le permis de tuer... YOUHOU!

"Ok les Kalaboys, votre idôle vous, propose un marché"
"Vous vous allez me récolter 1243723 couennes de porc"
"Et moi pendant ce temps là ..."
...Je la retiens.
FRONT DE LIBÉRATION TROLL
KRUNCH
FRONT DE LIBÉRATION

Allez y Putain les mecs, j'la retiens
AHR AHR AHR
THUMP
THUMP
THUMP
FRONT DE LI
Alerte ! Traître de cochon impérialiste en vouloir à notre droit à une concurrence libre et non-faussée !
À L'ATTAQUE !
Gaffe Frelon, v'là l'péril rouge...
euh... Jaune...
...orange ?
BASTON !!!
Aah bon sang enfin un peu de violence gratuite !
Hé toi, je m'appelle Frelonvert et je tape comme une femme !
(bien que j'en sois pas une au final.)
Et zou ! un chinois sur la lune !
Nan parce que si on attend qu'ils y arrivent par eux-mêmes on n'est pas rendu
Bon en même temps casser de l'automate c'est pas le plus fun...
Ouai... et ils sont nombreux...

DÉFAITE !
Fous d'occidentaux décadents ! Comment vous pensez un instant vous pouvoir résister à mes glorieuses armées ?
VOUS MOURIR !
SONY
CE
Frelon ?
... Je ... Je t'ai toujours aimé.
Pas moi
Et quand travers de porc calcinés à vous finir d'être digérés par million d'estomacs orientaux, plus rien empêcher assenscion fulgurante de la MMOGold-unlimited.
Montagne de devises rentrer dans mon petit panier ! Je être riche ! RICHE ! RICHE ! RI ...
KRUNC
PAS DE SPAM

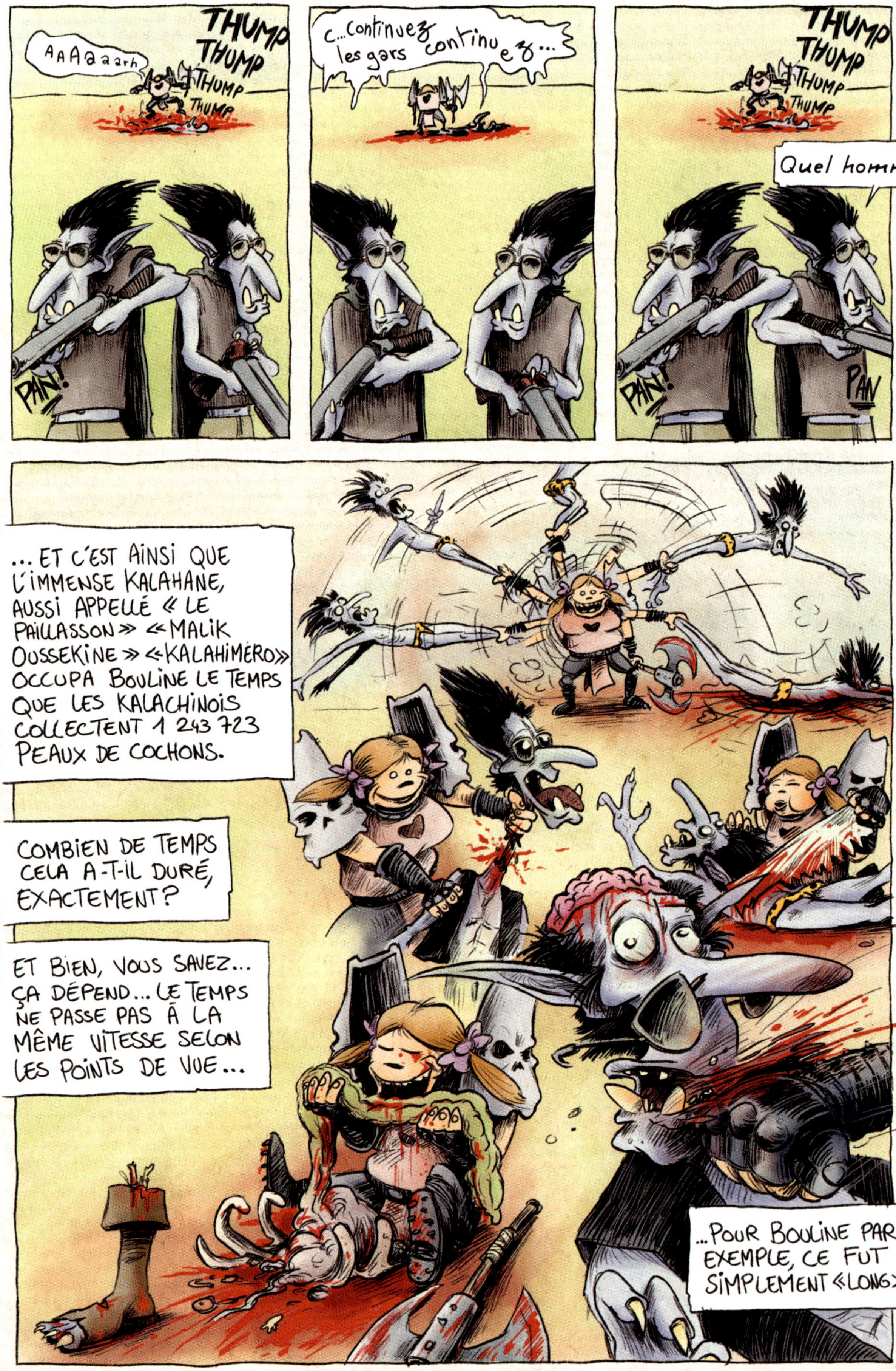
AAAaaarh
THUMP
THUMP
THUMP
THUMP
PAN!
c... continuez les gars continuez...
THUMP
THUMP
THUMP
THUMP
Quel homme.
PAN!
PAN
... ET C'EST AINSI QUE L'IMMENSE KALAHANE, AUSSI APPELLÉ « LE PAILLASSON » « MALIK OUSSEKINE » « KALAHIMÉRO » OCCUPA BOULINE LE TEMPS QUE LES KALACHINOIS COLLECTENT 1 243 723 PEAUX DE COCHONS.
COMBIEN DE TEMPS CELA A-T-IL DURÉ, EXACTEMENT ?
ET BIEN, VOUS SAVEZ... ÇA DÉPEND... LE TEMPS NE PASSE PAS À LA MÊME VITESSE SELON LES POINTS DE VUE...
... POUR BOULINE PAR EXEMPLE, CE FUT SIMPLEMENT « LONG ».

ET FINALEMENT
Réjouis-toi Tintin ! Non seulement nous avons toutes tes couennes de porc, mais notre maître tyrannique n'est plus !
N'est-ce pas formidable ?
Fatigué
Mes frères, nous sommes libres ! Allons rencontrer notre destin à Gragrammar !
Message de Mulder à 9:02 "Hé salut Kalahane, t'arrives bientôt? J'ai récupéré mon matos, c'est la mégateuf !
atigué
Ecoutez, la liberté OK mais comment vous allez gagner votre vie?
Moi je vous propose plutôt de monter un p'tit business dans le textile
Je connais une cave sous Gragrammar, vous serez bien.
Et alors tu vois il y a même un bâtiment où ils mettent les gens qui font pipi en dormant, mais comme j'étais plus une femme j'avais pas envie de faire pipi et...
gué
AGRAMMAR

ÉPILOGUE

DESSOUS DE GRAGRAMMAR, ENTREPÔT DU MATÉRIEL
POC
WOUAÏ !
HÉ BEN QU'EST-CE QUI T'ARRIVE P'TIT GARS ?
Y'A TROIS ANNEAUX QUI ME SONT TOMBÉS SUR LA TÊTE DEPUIS LE GROS TUYAU LÀ !
ÇA FAIT SUPER MAL !
AH ÇA TU VOIS ÇA VEUT DIRE QUE QUELQU'UN, LÀ-HAUT, EST EN TRAIN DE VALIDER SA QUÊTE DU FUSIL MAGIQUE...
ET ALORS ?
HÉ BEN TOUT D'ABORD IL VA AUSSI ENVOYER 1 243 723 PEAUX DE COCHON DANS LE TUYAU.
HAUT
BAS
... ET ÇA PÈSE QUAND MÊME SON POIDS...
HAUT
ENSUITE ÇA VEUT DIRE QU'IL FAUT QUE T'AILLES CHERCHER SON DÛ EN 4721 BA11
JE T'AI NOTÉ LA RÉFÉRENCE JE SUIS SYMPA
HAUT
4721FAOF
ARCS MAGIQUES
4721F
FLÈCHES MAGIQUES
IKEA
AH LA VACHE, PLUS ÇA VA PLUS ILS SONT LOINS LES NOUVEAUX OBJETS !
PURÉE QUEL BOULOT... QU'EST-CE QU'ILS DISAIENT DÉJÀ SUR L'ANNONCE ?

FIN de l'épisode

ATTATION

RETROUVEZ SUR LE SITE

WORLDOFMAKLES.COM

LA FIN ALTERNATIVE DE

« Kalahane et le fusil magique »

ET NOTEZ BIEN CE CODE

12345677

MERCI DE VOTRE ATTATION

Daenerys

IL ÉTAIT UNE FOIS UNE FAMILLE D'OURS QUI PRENAIT LE SOLEIL DANS LES PRAIRIES VERDOYANTES DU PAYS DE JOYEUX~JOYEUX.
PETIT OURS SURVEILLAIT LE VOL DES PAPILLONS. MAMAN OURS RÉFLÉCHISSAIT À COMMENT ELLE ALLAIT ACCOMMODER LES RESTES DE LA PETITE HEIDI. PAPA OURS SE GRATTAIT DISCRÈTEMENT LES FESSES SUR UN CAILLOU EN SOURIANT COMME UN CON.
SOUDAIN PETIT OURS SE MIT À FONDRE.
PAPA OURS PRIT FEU.
MAMAN OURS REÇUT UN VILAIN COUP DE HACHE SUR LA TRONCHE.

BON EN FAIT C'EST PAS ÇA LA VRAIE HISTOIRE.
IL ÉTAIT UNE FOIS DAENERYS, REINE DES TÉNÈBRES DE NIVEAU 70, QUI AVAIT BESOIN DE BEAUCOUP, BEAUCOUP, BEAUCOUP DE PEAUX D'OURS.
Et voilà Rodriguo ! Plus qu'à dépecer ces trois derniers et je pourrais passer à la phase 2 du projet "Oursicide" ...

D'AILLEURS EN FAIT MÊME ÇA C'EST DES FADAISES...
...VU QUE DAENERYS C'EST PAS UNE VRAIE REINE DES TÉNÈBRES. C'EST JUSTE UN PERSON-NAGE DE JEU VIDÉO...
...Envoyer toutes ces peaux à Gragrammar...
...Pour en faire des bermudas !

...JOUÉ PAR UNE FILLE !!... EN L'OCCURENCE, MA CHÈRE ET TENDRE...
HÉ MACHIN !
OUI MAMOUR ?
AYÉ J'AI LES 240 [Peaux d'ours niaiseux du pays de Joyeux-Joyeux] POUR FAIRE DES BERMUDAS AUX PTITS NOUV...
...HEU TU FAIS QUOI LÀ ?
LA VAISSELLE MA CHÉ
GENRE TU FAIS LA VAISSELLE MAINTEN...
PUTE !
TU NOUS AS REMIS DANS TA BÉDÉ À LA CON C'EST ÇA ?
OH NON PENSES-TU
OUAI BEN T'AVISE PAS DE ME RAJOUTER DES MOUSTACHES.
EL MOUSTACHERO !
LES PLANS DIABOLIQUES DE DAENERYS NE SE LIMITENT ÉVIDEMMENT PAS À LA FABRIQUE DE BERMUDAS.
DES FOIS AUSSI ELLE CUEILLE DES FLEURS POUR RENDRE SERVICE À SON COPAIN STEVO.
Oooh de la feuille à rêver...
HEUREUSEMENT, UN GENTIL ET NOBLE JUSTICIER VEILLE PARFOIS AU GRAIN...
Puthe

...ET ATTAQUE COURAGEUSEMENT LA VILAINE !
Hombuscaaader
Hmm... Voyons, où ai-je mis mon sécateur?
LA LA LA
Youaille !
POUET !
Lili Lilii¡¡¡
Ouille
BAFF !
Liiiii...
....
Mais - euh
KRACK
...MAIS ?!
Aïe aïe aïe aïe aïe...
...MAIS ON M'ATTAQUE ?!
(...COMME EN AUTO, LES RÉFLEXES DES FEMMES SONT LÉGÈREMENT PLUS LENTS QUE CEUX DES HOMMES...)
HÉ MACHIN MACHIN
J'ÉTENDS LE LINGE MA
Y A UN CON QUI M'ATTAQUE !!!

BEN DÉFENDS TOI.
CLIC
Soudain [Boubounico] se met à [fondre]
AH BAH IL EST MORT.
IL EST MORT MACHIN QU'EST-CE QUE JE FAIS ?
TU DANSES SUR SON CADAVRE, TU CRACHES DESSUS, ET S'IL SE RELÈVE TU LUI RE-EXPLOSES LE GROIN.
D'ACCORD.
LE PAUVRE
C'EST VACHEMENT STRESSANT LE « JOUEUR CONTRE JOUEUR » N'EMPÊCHE...
... AH TIENS IL SE RELÈVE...
CLIC
En Bref
Nouveau suicide d'un "professionnel du jeu" à Montargis.
Massacré à répétition par une "noob de démoniste", il balance son clavier à travers son écran, sa souris à travers sa femme et ingère son unité centrale.
Nicolas B, 25 ans, aimait les chiens et les enfants.

QUAND ELLE A BIEN TOUT DÉGOTÉ TOUS SES TRUCS ET SES MACHINS, DAENERYS FILE DANS LES CATACOMBES D'EURODISNEY OÙ IL Y A UNE POSTE ET UNE BANQUE QUI FERMENT BIEN TARD.
(OUI, LE MONDE DE DAENERYS EST BEAUCOUP MIEUX QUE LE NÔTRE)
BONSOIR MEUDAÂÂÂME
Bonsoir, j'ai besoin d'accéder à mon coffre
MAIS CERTAINEMENT MEUDAÂÂÂME
DA-DA-DA...
DA-ET-NEZ-RISSSE
C'EST LÀ. ET ALORS, QU'EST-CE QU'ON MET DEDANS ?
Alors :
240x[peaux d'Ours niaiseux du pays de Joyeux-Joyeux]
117x[peaux d'Ours cul-cul du pays de Joyeux-Joyeux]
105x[Rates de Mulet vociférant]
43x [Dermes d'Hippopotame anorexique]
...C'est pas fini...
...80x [Jarres de Fiel croate]
46x [Tourtes aux chanteurs morts]
17x [Toupies ridicules]
5x [Agates]
9x [Bulles d'eau]
17x [mini calots]
7x [calots]
3x [boulards]
...
3 tonnes de [Fer]
...
Ah et pis j'ai ramassé ça sur un [sectateur en slip de la Pâques des Nains Chauves]
Aucune idée de ce que c'est mais on ne sait jamais ça peut servir un jour.
Oh là non non attention.
Vous mélangez les [peaux d'ours niaiseux] et les [peaux d'ours cul-cul]
Forcément ça ne va pas.

HMM OUI.
FORCÉMENT.
Écoutez, voilà ce qu'on va faire.
On va compter les rangées de 1 à 16 et les colonnes de A à P ...
...Ensuite, c'est tout simple :
Vous me mettez les [peaux d'Ours niaiseux] de A1 à D1 puis de A2 à C2
(en me laissant D2 de vide au cas où)
Ensuite vous passez en A3 pour les [peaux d'Ours cul-cul], en A4 les [mulets], en A7 les [anorexiques] en A9 les [chanteurs morts...]
...Bon et puis les 3 tonnes de [fer] vous vous embêtez pas on les met sur la rangée du bas (A16 - P16)
Hmm. Non Attendez.
C'est con, ce [fer] je le stocke juste un quart d'heure pour dépanner quelqu'un...
J'ai peur qu'on s'embête pour pas grand chose.
Oh et puis vous ne savez pas ? On n'a qu'à tout coller en J
on ne peut pas se tromper avec le J !
Allez je vous laisse le temps de faire comme ça, il faut que je passe à la poste.
byyyed
ERHRRH.
AN... ANGIE?
LA POSTE
D-A-E-N-E-R-Y-S.
AH OUI EFFECTIVEMENT J'AI DES CHOSES POUR VOUS
Beaucoup de choses ?

De : Stevostin
À : Daenerys
« Hé pupute, envoie plus de [Grandes feuilles de thé] »
Nan mais hé machin !!
Oui mamour ?
J'étais en train de repeindre le toit de la dépendance
Qu'est-ce qui se passe avec les [Feuilles de thé] ? C'est la 3ème fois cette semaine !
J'te signale que c'est super chiant à trouver.
Aaah oui mais ça c'est pour la guilde c'est très utile !
Hmph. Bon. T'es sûr ?
Très très utile.
Pffrt
La banque
Eeet bien... mais voilà qui tient...
Huhuhu mon vieux Jean-Pat, tu sais que tu es un petit prodig...
...??!

Alors en fait ma copine Jaimie vient de m'envoyer 140x[cottes de mailles bien lourdes]. Y a qu'à les coller entre A5 et K11 (ou B13 comme vous préférez).
Ah et puis vous pouvez me coller les [peaux d'Ours] dans le camion vu que du coup je les renvoie tout de suite.
(Sauf 17)
(d'Ours cul-cul)
DEMACRO
LA POSTE
AAAAAAH
...ET... ...J'ENVOIE ÇA OÙ ?
Alors... C'est un peu compliqué...
Pour les [peaux d'ours niaiseux]
–84 à Jaimie à Gragrammar
–25 à Futé à Boutibé
–12 à Kalahane à Gragrammar
–3 à la Fondation Raoul Follerau à Paris
–1 à la Mermichelquiaperdusonchat
Ensuite
...pour les [peaux d'ours cul-cul]
87 à Ja
HEM... RASSUREZ-MOI... CE GROS PAVÉ LÀ C'EST PAS VOTRE LISTE ?
Hihi meuh non.
c'est mon carnet de timbres.
AH.
BON BEN... ON VA S'ORGANISER ET....
ARRIVAGE DE COURRIER POUR UNE CERTAINE DAENERYS !
LAISSE-MOI DEVINER... C'EST GROS ?
HEU....

BANQUE
Bon je suis désolée mais en fait mon p'tit cousin avait un devoir où il devait étudier toutes les espèces animales et alors moi je l'avais déjà fait et je lui ai envoyé mes échantillons en colissimo... ahem...
Mais comme il a dû réviser son Brevet des collèges et ben il a oublié de relever son courrier pendant un mois...
et alors du coup tout il m'a été renvoyééé... Mais bon rien de grave hein....
On va juste mettre tout ça entre Z 1897,5 et ほ π (sauf le varan de Komodo)
LE PROCHAIN EMPLOYÉ VOUS REPREND DANS 15 MINUTES
BLAM
LE PROCHAIN EMPLOYÉ VOUS REPREND DANS 15 MINUTES
RAH NON NON CES EMPAFFÉS COUPENT LE SERVEUR POUR MAINTENANCE
ET COMMENT JE RANGE MOI ?
EN MÊME TEMPS C'EST BIEN TOI QUI A DIT IL Y A 1H30 « JE VIDE MES SACS À LA BANQUE ET JE VIENS ME COUCHER » ?
...MMMAIS QUEL INSSSSOLENT !

ALLER EN VILLE C'EST AUSSI L'OCCASION DE RENCONTRER D'AUTRES SEIGNEURS DES TÉNÈBRES POUR COMPLOTER.
Daeee !!!
Hé ben alors Chouchou tu dis plus bonjour aux copines?
Athone
Ah salut Athone! Ben j'étais en train de gérer mes [peaux d'ours cul-...
Oh là là pitié chérie, ne me dis pas que tu en es encore et toujours à tuer ces pauvres ours!! Tu ne te lasses jamais?
Quand est-ce que tu viens tuer des vrais sales bê avec la guil plutôt?
Ben tu me connais je su un peu timi
Nan mais attends, rien qu'hier on a tué le Seigneur Smegmos! Et la veille, Cerumos, et l'avant veille Mucos, le Dragon-Bleu-du-Ciel. Et la semaine d'avant, Smegmos (il avait ressucité le mercredi), et d'ailleurs aussi Mucos, Smegmos et Jea ffarin.
On-n'a-rrête-pa
Et bien sûr c'est comme ça qu'on récupère tout ce matos top-chic...
...Tiens d'ailleurs...
...HAZZARDS, VIEUX BRIGAND!!!

Hazzards
Salut les meufs
Waaah c'est la monture que t'as eue hier sur Smegmos?
La claaasse!
0-100 Km/h en 0 sec...
297 chevaux morts...
100-0 Km/h en 0 sec...
... Je veux qu'il a la classe mon [Dragerati GT] !!
TIBIDIP
Allo Môman?
Nan je bosse là pourquoi?
...le dîner est prêt?
O.K. Je descends.

Bye les filles!
Alors Darling, quand tu vois ça ça te fait pas envie ?
Si un peu mais...
Allez c'est décidé je t'arrange le coup!
Allo PP? c'est ta frangine!
Tu vas être chou et tu vas inclure Dae dans le groupe de demain sur Mucos, OK?
Commen ça « J'hésite »?
Comment ça « Mucos c'est un vicieux »?
Ce serait pas plutôt un vieux présugé sexiste genre « les femmes ont des réflexes un peu lents » ??
C'est ça, marre-toi! Je vais t'en faire bouffer du gueurl poweur moi!!
Demain j'écris aux Chiennes de Garde !! Et à Libé !!
arrête de rire, putain!
...Écoute PP... c'est simple... Soit demain Dae est avec nous ...
...Soit je poste la photo de ton ordi sur Face book...
...Celle avec les deux cents canettes vides et tous les paquets de clopes ...
Et-voi-là-Darling! À demain au palais flottant de Mucos!
(oublie pas ta monture volante pour accéder à l'entrée)
HEU MACHIN....
OUI MAMOUR?
JE CROIS QUE JE VIENS DE M'ENGAGER A DÉGOTER UNE MONTURE VOLANTE POUR DEMAIN.
MAIS ÇA VA TE SERVIR À QUOI?
BEN... À OBTENIR UNE AUTRE MONTURE VOLANTE
(ENFIN PEUT-ÊTRE, J'AI PAS TOUT COMPRIS)
MAIS ÇA VA TE SERV À QUOI?

ET C'EST AINSI QU'AU COEUR DE SON REPÈRE MALÉFIQUE, LA REINE DES TÉNÈBRES DAENERYS CONÇUT LE PROJET GRANDIOSE D'OBTENIR LE MODÈLE DE BASE DES MONTURES VOLANTES POUR REINE DES TÉNÈBRES...
toi mon beau...
...Tu seras mien !
SUNNY MUFFIN
GREGORY MAKLES PRESENTE
Daenerys et le Poney Magique*
*: Encore un titre qui calme

DANS LE MONDE DE DAENERYS, QUAND ON A BESOIN D'UN TRUC, ON FINIT INVARIABLEMENT PAR DEVOIR SE METTRE AU SERVICE D'UN VIEUX PÉNIBLE QUI A CE TRUC ET NE LE DONNERA QUE SI ON ACCÈDE À SES CAPRICES LES PLUS DÉPRAVÉS.
(MAIS DANS LE MONDE DE DAENERYS IL N'EST PAS NÉCESSAIRE EN PLUS DE L'APPELER « PATRON »)
BIEN SÛR QUE JE PEUX T'APPRENDRE À INVOQUER UN PONEY MAGIQUE
JE LE FERAI SI TU M'APPORTES UN [JARDINET JOLI]
Ah... Et mettons que... euh... je retrouve à ma banque un [Jardinet Charmant] ou un [Jardinet Coquet] que j'aurais stocké à tout hasard...
Est-ce que ça ne pourrait pas...
NAN NAN NAN NAN NAN...
DAENERYS SE REND DONC AU VILLAGE DES SCHTRUMPHS OÙ L'ON A VU, PARAÎT-IL, L'UN D'EUX SE PROMENER AVEC UN [JARDINET JOLI].
« l'un d'eux » moi j'veux bien...
... mais lequel?
HÉ SALUT VIEUX ÇA SCHTRUMPHS?
BAS OUÉ PAS MAL ET TOI?

Bon ben on va leur demander
OLAH LES Schtrumphs L'un d'entre vous aurait-il un Jardinet S.V.P.?
Ça où me clouer les loches à des enjoliveurs ils s'en moquent bien apparemment.
Méchants Schtrumphs
HÉ SALUT SCHTRUMPH COQUET TU VEUX PAS QU'ON SCHTRUMPH?
J'AI DES CAPOTES
SOUDAIN SCHTRUMPH COQUET SE MIT À FONDRE.
Pas de Jardinet.
Oh bon sang combien je vais devoir en buter?
BON ALORS D'APRÈS THUTBUT.COM LES [JARDINETS JOLIS] TOMBENT À 0,3% SUR LES SCHTRUMPHS...
HÉ MACHIN SI ÇA TOMBE À 0,3% FAUT QUE J'BUTE COMBIEN DE SCHTRUMPHS EN MOYENNE?
333,33 MA P'TITE REINE DU CALCUL MENTAL!
SOUDAIN LE SCHTRUMPH À LUNETTES, LE SCHTRUMPH GOURMAND, LE SCHTRUMPH FARCEUR ET LE SCHTRUMPH MUSICIEN SE MIRENT À FONDRE.

Et bien sûr, rien que des [bonnets de Schtrumphs] sur eux...
ça vaut rien, ça pue le maroual, mais on ne sait jamais se ramasse des fois que...
SOUDAIN LE SCHTRUMPH POÈTE, LE SCHTRUMPH POTIER, LE SCHTRUMPH PARESSEUX, LE GRAND SCHTRUMPH, LE P'TIT SCHTRUMPH SE MIRENT À FONDRE.
SOUDAIN LE SCHTRUMPH TAILLEUR, L'AUTRE SCHTRU-MPH TAILLEUR, LE SCHTR-UMPH RACISTE, LE SCH-TRUMPH PÉDOPHILE, LE S-CHTRUMPH DES CÉSURES ABUSIVES, LE SCHTURMPHS, LE SCHRUTHMPS ET LE SCHPRUMTHS SE MIRENT TOUS À FONDRE.
C'ÉTAIT HORRIBLEUH.
SOUDAIN PTIPOTAM SE MIT À FONDRE.
OH MERDE MEEERDE !
HÉ MACHIN J'AI ACCIDEN-TELLEMENT TUÉ UN JOUEUR QUI GLANDAIT CHEZ LES SCHTRUMPHS...
JE FAIS QUOI ?
TU DANSES SUR SON CADAVRE, TU CRACHES DESSUS, ET S'IL SE RELÈVE TU LE RE-TUES ACCI-DENTELLEMENT
D'ACCORD.
LE PAUVRE
CLIC
En Bref
Les jeux vidéo rendent les enfants méchants (et laids)
Les scientifiques sont formels : tout enfant malmené par une "noob de démoniste" alors qu'il était parti manger une bonne tartine de Nutella développe des tendances hystériques à grand potentiel youtubesque.
Cet enfant développe drôlement.

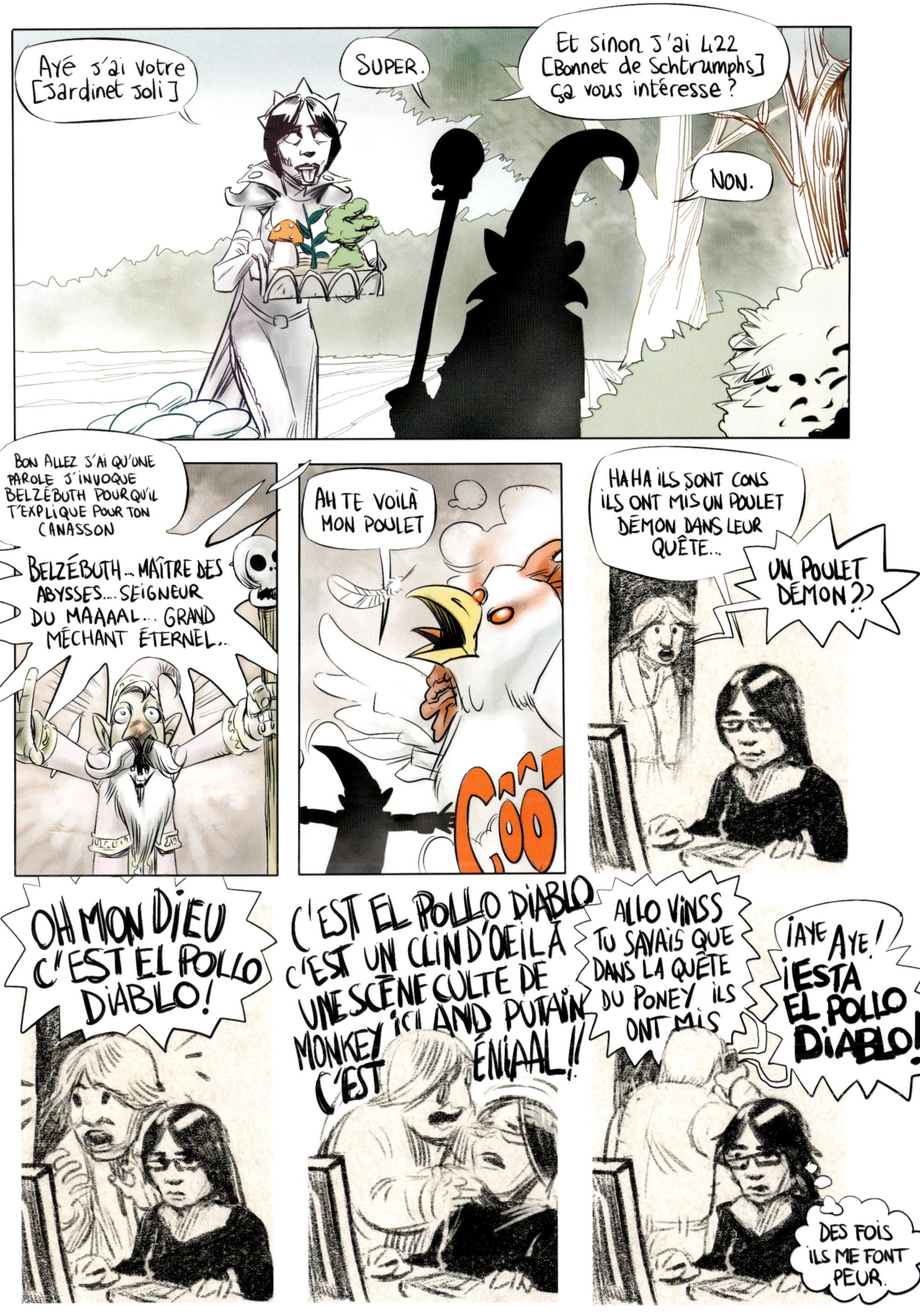

Ayé j'ai votre [Jardinet joli]
SUPER.
Et sinon j'ai 422 [Bonnet de Schtrumphs] ça vous intéresse ?
NON.
BON ALLEZ J'AI QU'UNE PAROLE J'INVOQUE BELZÉBUTH POUR QU'IL T'EXPLIQUE POUR TON CANASSON
BELZÉBUTH... MAÎTRE DES ABYSSES... SEIGNEUR DU MAAAAL... GRAND MÉCHANT ÉTERNEL...
AH TE VOILÀ MON POULET
CÔÔ
HAHA ILS SONT CONS ILS ONT MIS UN POULET DÉMON DANS LEUR QUÊTE...
UN POULET DÉMON ??
OH MON DIEU C'EST EL POLLO DIABLO !
C'EST EL POLLO DIABLO C'EST UN CLIN D'OEIL À UNE SCÈNE CULTE DE MONKEY ISLAND PUTAIN C'EST GÉNIAAL !!
ALLO VINSS TU SAVAIS QUE DANS LA QUÊTE DU PONEY ILS ONT MIS
¡AYE AYE ! ¡ESTA EL POLLO DIABLO !
DES FOIS ILS ME FONT PEUR.

LA «QUÊTE DU PONEY» EST EN FAIT UNE SÉRIE COMPLEXE DE QUÊTES, PRÉ-REQUIS, COLLECTION DE RESSOURCES. AVEC BEAUCOUP DE CAFÉ, ÇA PEUT SE FAIRE EN UNE NUIT.
POUR CONCLURE, IL FAUT SE RENDRE DANS UN DONJON TELLEMENT DANGEREUX QU'IL FAUT Y ALLER EN GROUPE.
♪ Qui-c'est-qui-veut-faire ♪ le-château-Him-ane-a-vec moiiiii ♪
Agleu Agleu personne neu maimeu.
...OR RÉUNIR UN GROUPE DE GENS POUR UNE OPÉRATION À VOTRE SEUL INTÉRÊT, C'EST PAS TOUJOURS FACILE.
(HORS PÉRIODE ÉLECTORALE)
CHERCHE TANK, SOINS OU DÉGATS POUR PÉCHO MON PONEY MAGIQUE MERDE

BEUWAH-AH-HAAAA PERSONNE NEU MAIMEUUUU
HÉ BEN MAMOUR !
OUI MAIS C'EST PASSQUE J'ARRIIIVE PAS A FAIIIRE UN GROUUUPE !
OH BEN FAUT PAS DIRE ÇAAAA
ON VA T'EN TROUVER UN GROUUUPE
ET UN KLEEEEENEX AUSSIII
BON ALORS... QUI JE PEUX APPELER À 4H DU MAT' POUR FAIRE UN DONJON ?
ALLO VINCENT TU FAIS QUOI LÀ ?
DES COULEURS SUR TES PLANCHES DE MERDE. WHY ?
HÉ RECHT T'ES DISPO POUR UN DONJON ?
BEN J'SUIS SUR MA PAGE LÀ MAIIIIS...
ET ALORS JO TON TOME 3 ÇA AVANCE ?
BEN J'M'Y REMETS DÈS QUE J'AI BUTÉ CE PALOUF POURQUOI ?
SÈCHE TES LARMES, DAE ! TES AMIS SONT LÀ QUAND TU EN AS BESOIN !
AH NAN MAIS LA BANDE-DESSINÉE C'EST UN MÉTIER HEIN.
UN PROFESSIONNEL AGUERRI COMME RECHT, LE DONJON DU PONEY MAGIQUE IL A BIEN DÛ SE LE FAIRE UNE VINGTAINE DE FOIS !
Kalahane
Wergeronback
Stevostin
Frelonvert
OooOH

Youhou ! À nous le Poney Magique !
Merci les garçons vous êtes vraiment...
D 142
DONJON HIMANE
oooOH de la feuille à rêver...
...trop...
Elfe.
...gentils...

Ooooh c'est chou ils font une pause rapide pour déboîter l'elfette...
la pauvre
Nain
Palouf.
Gnome.
Elfe.
Stop!
Bon c'est bien gentil de se la toucher sévère à buter du touriste version Guerre des gangs...
...MAIS JE VEUX MON DADA!
DONJON HIMANE
Messieurs, c'est ici que nous avons rendez-vous avec le destin.
Poil aux seins
Chhht va pas nous l'énerver...

..Et alors, c'est quoi les créatures qui infestent le donjon Himane? Des scouts.
Si tout ça a un sens je ne veux pas qu'on m'explique.
Werge, toi qui a fait ce donjon une vingtaine de fois quelle est la tactique à connaître?
ATTENTION WERGERONBACK VA PARLER.
Caca.
Caca! Caca! caca! HaHaHaHaHarh cacaaaaaa
VRRRRRRRRRRRR
BON ALORS LÀ NORMALEMENT JE VOUS COLLE UN NARRATIF CENSÉ DONNER UN SEMBLANT DE COHÉRENCE À LA SCÈNE.
MAIS BON SOYONS HONNÊTES, J'AVAIS JUSTE ENVIE DE DESSINER DES SCOUTS QUI S'EN PRENNENT PLEIN LA GUEULE.
S'EN PREND PLEIN LA GUEULE.

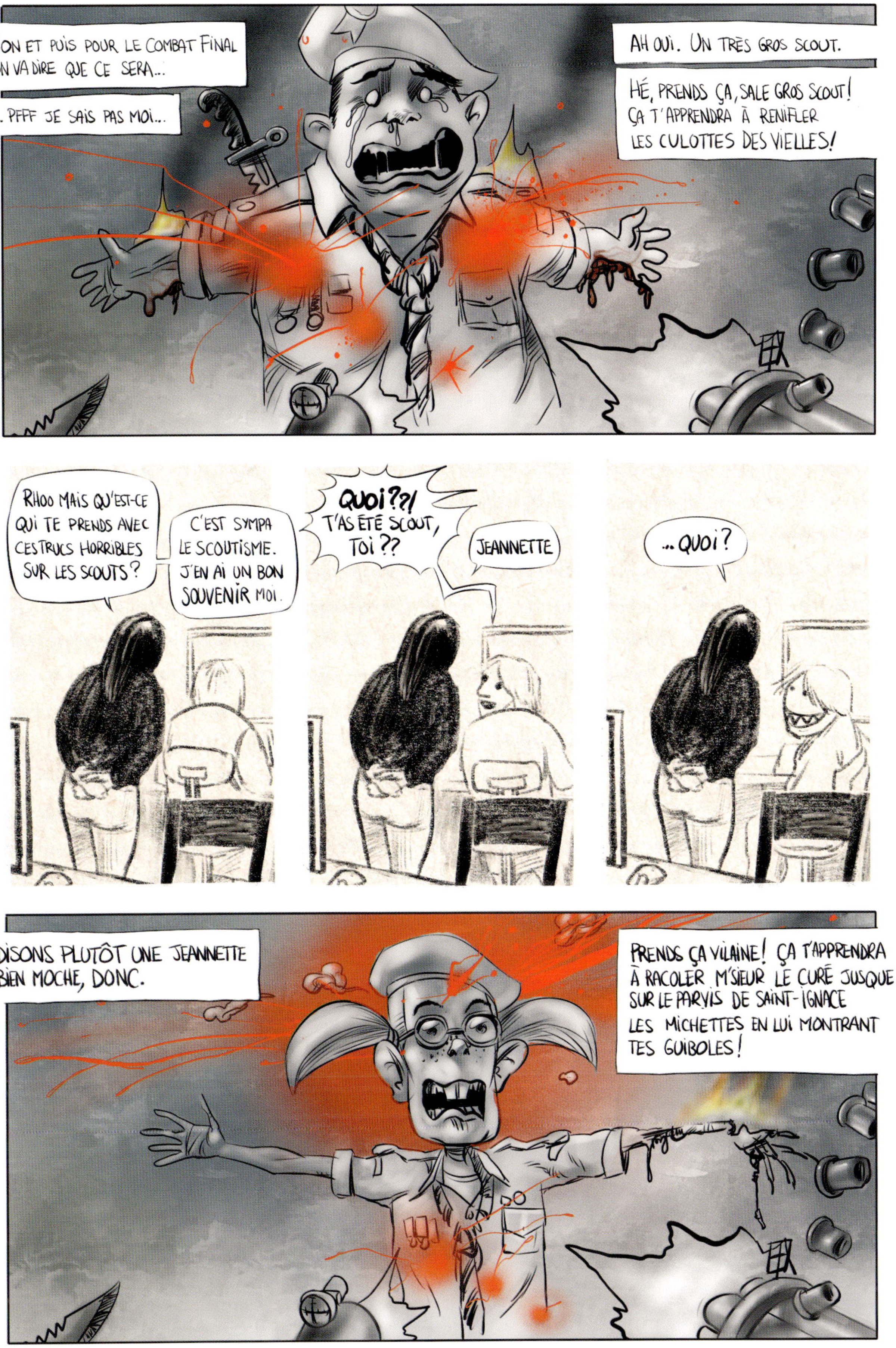
BON ET PUIS POUR LE COMBAT FINAL ON VA DIRE QUE CE SERA...
... PFFF JE SAIS PAS MOI...
AH OUI. UN TRÈS GROS SCOUT.
HÉ, PRENDS ÇA, SALE GROS SCOUT! ÇA T'APPRENDRA À RENIFLER LES CULOTTES DES VIELLES!
RHOO MAIS QU'EST-CE QUI TE PRENDS AVEC CES TRUCS HORRIBLES SUR LES SCOUTS?
C'EST SYMPA LE SCOUTISME. J'EN AI UN BON SOUVENIR MOI.
QUOI??!
T'AS ÉTÉ SCOUT, TOI??
JEANNETTE
...QUOI?
DISONS PLUTÔT UNE JEANNETTE BIEN MOCHE, DONC.
PRENDS ÇA VILAINE! ÇA T'APPRENDRA À RACOLER M'SIEUR LE CURÉ JUSQUE SUR LE PARVIS DE SAINT-IGNACE LES MICHETTES EN LUI MONTRANT TES GUIBOLES!

BREF… À LA FIN LE PONEY MAGIQUE SORT DES ENTRAILLES DE LA SCOUT MORTE. SI SI.
Hmm…
Je ne sais pas quoi penser.
Moi non plus mais ça m'a jamais manqué
Oooooh il eeest bôôôôô!
C'est certainement la césarienne la plus excitante dont je suis témoin
Bon, on sort ?
Tu es un joli dada. Je t'appellerai Wolfgang…
Oh Oh.
…Amadeus…
Wohput… Téléportation!
COMME EN AUTOMOBILE…
…Petitbonum…
…?
…LES RÉFLEXES DES FEMMES…
…SONT LÉGÈREMENTS PLUS LENTS QUE CEUX DES HOMMES.
Les voilà!
Leur 2 lavant Jean Sa sonner!
Welcome Connards
Let's leur donner du love!
du love plein la gueule!
Ouaiii!

Oh sa mère la tepu Wolfgang Amadeus Petitbonum ils sont tous revenus avec leurs copains faut pas rester lààààààààà
Allez décolle décolle fais moi voir c'que t'as dans l'ventre
Fire!
Mon Petit Poney
ET C'EST AINSI QUE LA REINE DES TÉNÈBRES DAENERYS OBTINT SON PONEY MAGIQUE À PRIX COÛTANT.
BON VOUS JE SAIS PAS, MAIS MOI JE ME DEMANDE SI ON N'AURAIT PAS MIEUX FAIT DE S'EN TENIR À PAPA OURS!

EPILOGUE

?!
DIS-DONC MACHIN !
HMMM...
... OUI MAMOUR ?
C'EST BIEN TOI QUI M'A ABANDONNÉE TOUTE SEULE COMME UNE MERDE DEVANT LES MÉCHANTS ?
HEU...
...ÇA...
...ÇA S'PEUT QU'ÇA S'PUISSE...
P... ...POURQUOI ?
HÉ BEN 1) TU RANGES TES MAINS
ET 2) SI T'AS BESOIN DE TRIPOTER DES CHOSES Y'A DU BEURRE DANS LE FRIGO...
RROOOH...
TOI PAS SAUTER AUX CONCLUSIONS COMME ÇA TINTIN.